BOUQUET

D'ÉPIGRAMMES

A OFFRIR

AUX RÉDACTEURS DU JOURNAL DE TOULOUSE

le 1ᵉʳ mai de chaque année

PAR

E. NEGRIN ET C. VALERIUS.

BORDEAUX

—

1859

BOUQUET D'ÉPIGRAMMES.

BORDEAUX. — IMP G. GOUNOUILHOU, PLACE PUY-PAULIN, 1.

BOUQUET
D'ÉPIGRAMMES

A OFFRIR

AUX RÉDACTEURS DU JOURNAL DE TOULOUSE

le 1er mai de chaque année

PAR

E. NEGRIN ET C. VALÉRIUS.

BORDEAUX

—

1859

I.

P our endormir ses malades, la nuit,
U n médecin, comme un apothicaire,
J us d'opium leur baille d'ordinaire :
O ne ne suivez recette si vulgaire,
L isez Pujol.... et l'effet est produit.

E. N.

II.

Ne sais plus trop quel grand roi de l'histoire,
Au seul aspect d'une pomme, sans pouls
Se laissait choir. Tels ne sont pas chez nous
Les rédacteurs d'une feuille notoire ;
Car chaque jour devant certaine poire,
Dans l'ombre, iceux se mettent à genoux.

E. N.

III.

Gentil auteur qui, plein de sapience,
Mieulx sais le grec que défunt Homerus,
Jà dès longtemps acute médisance
T'a poursuivi de ses propos bourrus :
« Cettui, dit-on, tant escrit et jargonne
» Qu'un endormeur pareil onc ne s'est vu. »
Ce poinct est faux : tu n'endormis personne,
Puisque jamais personne ne t'a lu.

C. V.

IV.

Ici gît, dessous cette terre,
Pujol, que tua trop d'esprit.
De son trépas tu ne soupçonnais guère
Cette cause extraordinaire,
Passant, voilà pourquoi l'on te le dit.

E. N.

V.

« Monsieur Pujol est tout esprit, »
Me disait hier un vieux notaire. —
Non, lui répliquai-je, au contraire,
M'est avis qu'il est tout matière,
Puisqu'il assomme qui le lit.

E. N.

VI

Certain auteur, journaliste érudit,
Dont nous avons plus haut crayonné l'épitaphe,
Parlant le grec, l'iroquois, le sanscrit
Et de science tout confit,
Serait parfait, sans contredit,
S'il apprenait quelque peu d'orthographe.
Or icelui, l'autre jour écrivant
A son épicier j'imagine,
Voulut tracer le mot *sardine*.
— Comment un mot si plat d'une plume divine
Put-il sortir? Je n'en sais rien vraiment;
Il en sortit, et voilà l'important. —
Mais par malheur notre homme avait écrit *cardine*.
Ce que voyant : oh! fi! lui dit quelqu'un
Vous dont partout le savoir brille
Vous tromper ainsi !... c'est commun.
Tiens ! c'est vrai, répond-il, j'oubliais la cédille.

C. V.

VII.

« Cet écrivain soporifique,
Louiphilippique, hellénique,
Electrique et télégraphique,
Adonc avec votre critique,
Vous voulez, à ce qu'il paraît,
Le faire tourner en bourrique? —
Nenni, Monsieur, puisque c'est déja fait. »

E. N.

VIII

« Contre Pujol, ores critique vôtre
Est en défaut. — Comment? — ce bon apôtre
Pas ne connaît de grec un iota. —
Erreur, Monsieur! Où voyez-vous cela?
      La langue grecque et le béta
      Peuvent-ils aller l'un sans l'autre?

                              E. N.

IX.

Certaines gens à la métempsychose
Ajoutent foi ; moi, je doute, et pour cause.
On sait que, grâce au système susdit,
Une âme, hier sous une forme enclose,
Une autre en prend demain : Pythagore l'a dit.
L'âne bâté devient un érudit,
La vieille prude, un minois frais et rose,
Et Pujol un homme d'esprit !
Qui diantre pourrait croire une semblable chose ?

C V.

X.

Un enfant du Céleste Empire,
Passant ici l'autre jour, voulut lire
Ce que Pujol à ses lecteurs bourgeois
    Sert chaque dimanche du mois.
Un traducteur soudain on lui propose...—
« Et pourquoi ça? dit l'homme jaune et rose ,
    Pas n'en ai besoin, je suppose,
    Pu'sque c'est écrit en chinois. »

E. N.

XI.

Dimanche, Pujol à sa blonde,
Un bouquet de pavots donna :
« Quel pauvre cadeau que cela, »
Dit la fille. Lui répliqua :
« Le plus bel écrivain du monde
Ne peut donner que ce qu'il a. »

E. N.

XII.

Improvisé après avoir lu une longue dissertation sur les
fugues faites par M. Pujol.

Monsieur, vous êtes un grand homme
Pour la fugue et le contrepoint.
De plus fort je n'en connais point :
Monsieur, vous êtes un grand homme.
Quand la critique vous assomme,
Vous faites une fugue à point.
Monsieur, vous êtes un grand homme
Pour la fugue et le contrepoint !

C. V.

XIII.

Un jeune auteur, à peine jà nubile,
Moult du papa redoutant les soufflets,
Oncques n'osait aux acteurs de la ville
Faire jouer certain sien vaudeville.
« Moi, dit Pujol, j'eus père plus facile
Dans mon printemps ; mais la raison hostile
Qui m'empêcha, ce furent les sifflets... »

E. N.

XIV.

Pujol et l'épicier du coin,
Egaux en esprit doivent être ;
Je n'en juge que par ce point :
L'un fabrique l'extrait de coing,
L'autre fait des extraits de lettre.

E. N

XV.

Tel baudet qui pourrait au pas marcher fort ien,
    A tort de vouloir aller l'amble.
    Monsieur Vieusseux, journaliste chrétien,
Sur sa vocation s'est mépris, ce me semble.
La chaire lui siérait bien mieux que le journal;
Il pourrait égaler Cotin, quoi qu'on en dise,
    Et nul de nous ne s'en trouverait mal :
    On est si bien pour dormir, à l'église !

                            C. V

XVI.

Aux jeux niais où tout niais s'adonne
Ayant mandé sonnet sur la Madone,
Du lys d'argent Pujol se croyait sûr :
Mais un chardon, le mainteneur lui donne
En lui disant : « *Par pari refertur.* »

E. N.

XVII.

« Pour cette année, hélas! on n'aura guère
De foin aux champs » dit un propriétaire
Aux rédacteurs du *Journal Toulousain*.
Alors iceux : « Comment allons-nous faire?
Répondent-ils : faudra mourir de faim! »

E. N

XVIII.

Quandoque bonus dormitat Homerus.
(HORACE.)

Homère parlait grec, aucuns l'ont voulu dire :
Pujol aussi, nul n'y peut contredire.
Semblables en ce point et bien d'autres encor,
Ces auteurs n'ont entr'eux que mince différence :
C'est que parfois, malgré sa gentille science,
Homère s'endormait, et que Pujol endort.

C. V

XIX.

Improvisé après une représentation du *Courrier de Lyon*.

> Dites-moi donc z'un peu, bonhomme,
> La différence qu'entre eux z'ont
> Le *Journal de Toulouse* et l'courrier de Lyon ? —
> C'est pas pu malin qu'une pomme :
> C'courrier fut assommé, dit-on,
> Et l'*Journal de Toulouse* assomme.

E. N.

XX.

Dans un café, maugré cris et tapage,
Trop ayant lu le *Journal Toulousain,*
Jean s'endormit. On l'éveille. Et soudain :
« Vous m'éveillez, dit-il, c'est moult dommage,
　　Car je rêvais qu'à chaque page
　　Ce journal d'esprit était plein. »

E. N.

XXI.

Dans un congrès, ne sais lequel,
Pujol parlait. Sa voix de miel,
Voix de prophète, à chaque phrase
Provoquait une douce extase.
« Hé! hé! disait un auditeur,
Il parle bien, sur mon honneur!
Serait-ce Daniel, Elie,
Baruch, Jonas ou Jérémie?
Je ne sais, mais je tiens pour vrai
Que c'est un orateur sacré. —
Ce titre lui sied à merveille,
Répartit alors un quidam,
Car on devine à son oreille
Que c'est l'âne de Balaam. »

C. V

XXII.

Hier, chez Vieusseux on apporte une caisse
Était dessus escrit avec la main :
Au rédacteur du *Journal Toulousain*.
Quelque cadeau de Joinville ! ô liesse !!
« C'est moi qui suis rédacteur, dit Gourdon. —
» Nenni, c'est moi, dit Pujol, bon apôtre. »
Mais quand on eut décloué le caisson
Et que dedans on ne vit que du son,
Plus n'ont voulu l'être ni l'un, ni l'autre.

E. N.

XXIII.

Vous vous plaignez que sans délicatesse
  Je vous dépeins dans chaque écrit.
Dorénavant pour qu'on vous méconnaisse,
Je parlerai toujours de talent et d'esprit :
Qui pourra croire alors que de vous il s'agit ?

C. V.

XXIV.

Vous affirmez, petits auteurs,
        Que nous endormons nos lecteurs ;
Comment ainsi pouvez-vous donc médire ?
Point ne voyez qu'en les quelques cafés
Qui sont encor céans nos abonnés,
        Les gens sont toujours éveillés ? —
Tout beau ! tout beau ! messieurs, calmez votre ire.
Ce nous voyons, mais nous allons vous dire
        Pourquoi ces gens sont exceptés :
        « C'est que pas ils ne savent lire. »

E. N

ŒUVRES D'ÉMILE NÉGRIN.

LE BEAU CIEL DE CANNES, poésies intimes.

LA FOLLE DU LAC D'OO, épisode des Pyrénées.

ARTISTES VIVANTS DU MIDI. — Soulié, Richard, Lo-
magne.